PREMIÈRE VENTE LAURENT DUMONT

HÔTEL DROUOT — SALLE N°

Le Mercredi 13 Juin 1906

CUIVRES GRAVÉS
ESTAMPES MODERNES

M. Maurice DELESTRE   M. LOYS DELTEIL

IMPRIMERIE

FRAZIER-SOYE

153-155-157, Rue Montmartre

PARIS

CATALOGUE

D'ESTAMPES

MODERNES

ET DE

CUIVRES GRAVÉS

APPARTENANT A

M. L. DUMONT

---

dont la vente aura lieu

à Paris, HOTEL DROUOT, Salle N° 8

Le Mercredi 13 Juin 1906

à 2 heures précises

Par le ministère de

Mᵉ Maurice DELESTRE, Commissaire-Priseur

5, Rue St-Georges

Assisté de M. LOYS DELTEIL, Artiste-Graveur, Expert

22, rue des Bons-Enfants

CONDITIONS DE LA VENTE

Elle sera faite au comptant.

Les adjudicataires paieront *dix pour cent* en sus des enchères.

M. Loys Delteil remplira les commissions que voudront bien lui confier les amateurs ne pouvant y assister; il se réserve, en outre, la faculté de diviser ou de rassembler les lots.

MM. les amateurs pourront visiter la collection, 22, *rue des Bons-Enfants*, du jeudi 7 juin au mardi 12, de 2 heures à 5 heures (le dimanche excepté).

DESIGNATION

AFFICHES

1. Affiches, cinquante-et-une pièces, par Chéret, Lautrec, Belon, etc.

APOUX

2. Vierges sages et Vierges folles, 13 pl. — Le Punch, Idée fixe, etc., 5 p. Ensemble 18 pièces.

ARTISTES ANCIENS ET MODERNES (Les)

3. Soixante-quatorze pièces par Français, C. Nanteuil, Bodmer, etc.

BALLIN (A.)

4. Vues de Rouen. Cinq cuivres et 43 collections sur japon, soit 215 pièces.

5. Vues de Rouen, 25 collections de 5 pl., soit 125 pièces.

6. Londres et la Tamise. Sept cuivres et 55 collections, soit 395 pièces.

7. Londres et la Tamise. Vues de Rouen, 93 épreuves, une partie sur Japon.

8. Vaisseau du XVIII° siècle. — Champigny, 6 X^{bre} 1870. — Environs de Boulogne-sur-Mer. Trois cuivres et 51 épreuves.

9. Marines et Paysages. Dix-huit pièces.

BLÉRY (Eugène)

10. Paysages, Plantes. Douze épr. d'état.

BOISSIEU (J. J. de)

11. Portrait de l'artiste. — Sujets divers et Paysages. Dix-huit pièces.

BOUCHER (d'après F.)

12. Le Traîneau, par Marius Borrel. Cuivre et 145 épreuves, dont 111 *avant la lettre*.

CAZENAVE

13. La Volupté, d'après Regnault. Cuivre et 6 épreuves.

CHIFFART-PICCINI

14. Sujets divers. Seize pièces.

COURTRY (Charles)

15. Au bord de la Mer, d'après Corcos, Cuivre et 191 épreuves, la plupart avec *remarque sur parchemin* et japon.

16. La même pièce. 235 épreuves sur japon.

17. Souvenir du XVIII° siècle, eau-forte originale. Cuivre et 8 épreuves sur japon et hollande.

18. Du Barry (Mme), d'apr, Drouais, 6 épr. *av^t l. l.* sur japon et hollande.

19. La Nymphe au puits, d'apr. Henner, 4 épr. sur japon.

20. Quatorze pièces d'apr. Meissonier, Munkacsy, etc. la plupart *signées*.

21. Quatorze pièces d'apr. G. Moreau, Bida, Hébert, etc. la plupart *signées*.

22. Onze pièces d'apr. Vibert, Tissot, Pille, etc. la plupart *signées*.

23. Huit pièces d'apr. Gérôme, épreuves d'état et *signées*.

24. D'après Troyon, Van Marke, Rousseau, etc. la plupart *signées*.

25. Objets d'art, 16 pièces, épreuv. d'état ou *signées*.

26. Sujets divers d'apr. V. Hugo. J. L. Brown, etc., la plupart *signées*.

27. Neuf pièces, d'apr. Hals, Holbein, A. del Sarto, J. Reynolds, épreuves d'artiste *signées*.

28. Neuf pièces d'après Géricault, Delacroix, Fromentin, etc., la plupart *signées*.

29. Neuf pièces d'apr. H. Fragonard, plusieurs *signées*.

30. Huit pièces d'apr. Bonvin, Lhermitte, etc., la plupart *signées*.

31. Douze pièces d'apr. Terburg, Guardi, Van der Meer, etc., la plupart *signées*.

32. Huit pièces d'apr. Rembrandt, Tiepolo et Cranach, la plupart *signées*.

33. Sujets divers, d'apr. Rembrandt, Hals et Van der Meer, 23 épreuves en divers états.

34. Sujets divers, d'apr. Delacroix, G. Moreau, Gérôme, 25 épreuves en divers états.

35. Sujets divers, d'apr. Guardi, del Sarte et Fragonard, 12 épr. de divers tirages.

36. Paysages, d'apr. Van Marcke, Troyon, Lerolle, 12
épr. de divers tirages.

37. Douze pièces, d'apr. Tissot, Vibert, etc. épreuves
d'état.

38. Sujets divers et objets d'art, 15 pièces en divers
états.

39. Cinquante-trois pièces, d'apr. Corot, Millet, etc.
la plupart en épr. d'état.

40. Sujets divers, 22 pièces.

41. Visite à l'accouchée — Rêverie — Le Vaccin du
du croup, etc. Six pièces, *épr. d'essai* ou *av¹ l. l.*

DELBOS

42. Au Luxembourg. Cuivre et 11 épreuves.

DIAZ, CHAPLIN, etc. (D'après)

43. Premières Roses — Roses d'automne — La Fée
aux joujoux — Les Tourterelles, etc. Onze lith.
in-fol. par C. Nanteuil, Vernier, Laurens.

DIVERS

44. Sujets de chiens et de chasse. Six pièces in-fol.

45. Sujets divers et animaux. Vingt-deux pièces, la
plupart par Duclaux.

46. Sujets divers — Paris incendié — Sujets de chasse,
etc. Vingt-cinq pièces.

47. Sujets divers — Animaux, Batailles, etc. Trente-
six pièces, plusieurs *coloriées.*

48. Sujets divers, 58 pièces de *l'Estampe Moderne,*
édition de luxe.

EAUX-FORTES

49. Six pièces par L. Gautier, Lefort des Ylouses, Montefiore, etc. *épr. av* l. l.

50. Quatorze pièces par Martial, Courtry, Massard, etc. la plupart *avant la lettre*.

51. Vingt-quatre pièces par Ch. Jacque, Chaigneau, Veyrassat, Buland, plusieurs *avant la lettre*.

52. Trente pièces par Israëls. Bracquemond, Butin, etc. la plupart av' la lettre.

53. Vingt-cinq pièces par Gudin, Lançon, Gaucherel, etc.

54. Quarante-cinq pièces par Hervier, F. Jacque, Gœneute, etc.

55. Soixante pièces *avant ia lettre* (Publ. Cadart).

56. Trente pièces, *avant la lettre*, sur chine (Publ. Cadart),

57. Trente pièces, *avant la lettre*, sur japon (Publ. Cadart).

58. Trente pièces, *avant la lettre*.

ESTAMPE MODERNE (L')

59. Immortalité — Jeune Fille — Sujets divers, 128 épreuves extraites de l'*Estampe Moderne* (édit. Piazza).

FLAMENG (Léopold)

60. Jeune Fille, d'apr. Greuze, 44 épreuv. sur chine.

FOREL (Alexis)

61. L'abside de Notre-Dame. 3 vues différentes. Quatre pièces, *signées*.

62. Le Pont-Neuf — Une cour à la Villette. Deux pièces, *signées*.

63. Châtaignier — Le cheval du charbonnier — Le tronc coupé, etc. Cinq pièces, *signées*.

64. La Grue du quai d'Orsay — Paysages. Cinq pièces, *signées*.

FORTUNY (D'après M.)

65. L'Arquebusier, par L. Kratké. 61 épreuves sur japon, *signées*.

66. La même estampe, 63 épr. avec *remarque*, sur japon, *signées*.

67. La même estampe, Cuivre et 35 épreuves sur *parchemin*, avec *remarque*, *signées*.

FRAGONARD (D'après H.)

68. Mlle Guimard, par Courtry, 15 épreuves avec *remarque*, sur japon. et 11 épreuves av. l. l.

GAUJEAN (Eugène)

69. Souvenirs, d'après Chaplin. Trois cuivres et 85 épreuves *avant la lettre, impr. en couleurs*, 27 avec *remarque*.

70. La même estampe, 63 épreuves *impr. en couleurs*, 29 *avant la lettre*.

71. Le Pain bénit, d'après Dagnan-Bouveret. Trois cuivres et cinquante épreuves, *imprimées en couleurs, signées*.

72. La Vierge entre St-Georges et St-Donatien, d'apr. Van Eyck. Cuivre et 229 épreuves avant la lettre, 117 avec remarque dont 27 sur parchemin.

73. Vignettes, d'après Rops, J. Garnier et Robaudi, pour *Zadig*, de Voltaire. Suite complète de 8 pièces *impr. en couleurs*. Epr. d'état *avant le double trait carré* (6 sont encadrées).

74. La même suite, *avant la lettre*, avec le double trait carré. On y a joint sept épr. d'essai.

75. Jeune Fille à l'oiseau, d'après Escudier, *impr. en couleurs* (Tiré à 10 épr. seulement).

76. Voltaire, d'apr. Houdon — Marie Leczinska, d'apr. Vanloo. Deux pièces *avant la lettre, signées*, la seconde sur Japon.

77. Mlle Conquet, enfant, d'après Robaudi. Très belle épreuve *impr. en couleurs.*

78. Mme Toulmouche, d'apr. Delaunay. Deux épreuves *avant la lettre*, une sur *parchemin, signée.*

79. La Vierge aux Amours — Le Bain, d'apr. Gorguet. Deux pièces *avant la lettre, signées.*

80. Le Benedicite, d'apr. Chardin. Très belle épreuve *avant la lettre*, sur *parchemin, signée.*

81. C^sse d'Oxford, d'apr. A. Van Dyck — P^t de Femme, d'apr. J. Opie. Deux pièces, *avant la lettre, signées*, une sur parchemin.

82. Abandonné. d'après Deschamps, 11 épr. *avant l. l. impr. en couleurs*. (Cuivre détruit).

83. La Dame au cochon, 3 épr. *av^t l. l.* sur japon, *imp. en couleurs.*

84. L'Enfant aux Cerises, d'après J. Russell, 24 épr. *av^t l. l.*, plusieurs d'essai.

85. La bonne Histoire, d'après H. S. Marks. Superbe épreuve *avant la lettre*, sur japon, *signée* et *timbrée.*

86. Jeunes et vieux, d'après Dendy Sadler. Superbe épr. *avant la lettre*, sur *parchemin, signée.*

87. La même estampe, *avant la lettre*, sur *japon.*

88. Cane et Canards, d'après le même. Superbe épreuve, *avant la lettre*, sur Japon, *signée.*

89. Partie finie, d'après A. G. Gow. Très belle épr., *avant la lettre*, sur japon, *signée.*

90. Armateurs, d'après Dendy Sadler. Très belle épreuve, *avant la lettre*, sur japon, *signée*.

91. Le Chant de Noel, d'après Rosetti. Très belle épr. *avant la lettre*, sur *parchemin, signée*.

92. La même estampe, sur japon, *signée*.

93. Le Fou, d'après N. Paton, épr. av' *l. l.* sur japon, *signée*.

94. Dans l'ombre de l'église, d'après Diksée, épr. av' *l. l.* sur japon, *signée*.

95. La Leçon de flûte, d'après Th. Deyrolle, épr. av *l. l.* sur japon, *signée*.

96. Flora, d'après Burne-Jones, épr. av' *l. l.* sur *parchemin, signée* et *timbrée*.

97. La même estampe, sur japon, *signée*.

98. Christmas, d'après Rosetti, épr. av' *l. l.* sur japon, *signée*.

99. Chanson du Printemps, épr. av' *l. l.* sur *parchemin, signée*.

100. Portrait de jeune Femme et d'un Enfant, d'après un peintre anglais, épr. av' *l. l. impr. en couleurs, signée*.

101. Paysage d'après Daubigny, 4 pièces av' *l. l.*

102. La Paie des hâleurs au Havre, d'après N. Gœneutte, 100 épreuves, la plupart *avant la lettre*, avec *remarque*.

GAUJEAN — JASINSKI — COURTRY, etc.

103. La Vierge entre S' Grégoire et S' Donatien — W. Warham — Au Bord de la Mer, etc. Neuf pièces, 4 sur parchemin.

GAUTIER (Lucien)

104. La S' Chapelle. Cuivre et 100 épreuves, la plupart *avant la lettre*, sur parchemin (1) et japon, avec *remarque*.

105. L'Abside de Notre-Dame. Cuivre et 152 épreuves, la plupart *avant la lettre*, sur parchemin (1) et japon, avec *remarque*.

106. Le Pont des St Pères, 15 épreuves avec *remarque*, *signées*.

107. Vues de Paris, 5 épr. sur japon, *av^t l. l. signées*.

GŒNEUTTE (Norbert)

108. Sur la plage — Réflexion — Aux Champs-Élysées. Trois cuivres et 28 épreuves *signées*.

GREUZE (d'après J.-B.)

109. Jeune Fille, par Gaujean. 26 épr. *impr. en couleurs, signées* (23 sur japon).

HANRIOT (Jules)

110. Femme du Pollet, d'après Vollon. Cuivre et 103 épreuves, plusieurs *avant la lettre*.

HELLEU

111. Page de quatre Têtes de Femmes (L'Estampe moderne), 186 épreuves.

INNOCENTI

112. Un Amateur. Cuivre et 22 épreuves (17 sur japon).

JACQUEMART (Jules)

113. Le Liseur, d'après E. Meissonier, 28 épreuves.

JASINKI (F.)

114. Warham (W.) d'après Holbein. Cuivre et 55 épreuves sur parchemin et japon, (35 avec *remarque*).

KRATKÉ (C. L.)

115. La Récolte des œillettes, par Laugée, 16 épreuves sur *parchemin*, avec *remarque*.

LESSORE (H. E.)

116. Portrait de Corot. Cuivre et 7 épreuves d'essai.

117. Portrait d'Eug. Delacroix. Cuivre et 10 épreuves d'essai.

LITHOGRAPHIES

118. Séduction — Perdition — Pâris et Hélène — Vesale, etc. Dix pièces in-fol par Mouilleron, C. Nanteuil, Brascassat, etc. d'après Prudhon et autres.

119. Sujets divers. 43 pièces par Doré, Rambert, V. Adam, etc.

LUNOIS (Alex.)

120. Jeune Fille à l'écran, 6 épreuves sur japon pelure.

MARTIAL-POTÉMONT

121. Les Fiancés. Cuivre et 4 épreuves.

122. La Charmeuse. Cuivre et 7 épreuves.

123. La Jeune Mère. Cuivre et 3 épreuves.

124. Hamadryades. Cuivre et 2 épreuves.

125. Lettre sur le livre de Proudhon. Trois cuivres.

126. Sous bois (Fontainebleau). Cuivre et 1 épreuve.

127. Petite Fille au bonnet. Cuivre et 1 épreuve.

128. Femme au rideau. Cuivre.

129. Le Retour de la pêche à Cancale, d'après Feyen-Perrin, grande planche, 27 épr. avec *remarque*, sur japon.

130. La même estampe, 80 épr. avec *remarque*, sur chine.

131. Le Retour de la pêche à Cancale, d'après Feyen-Perrin, 169 épreuves dont 90 *avant la lettre*, sur japon, chine et hollande.

132. Mare sous bois, 48 épr. sur japon.

133. Les Bucheronnes, 5 épr. — Ruisseau en forêt, 4
épr. — Forêt de chênes, 3 épr. Ensemble 12 pièces, épr. d'essai.

134. Jeune Citoyen de l'An V, d'après Goupil, 9 épr.
sur japon.

135. Paris pendant le Siège et la Commune. Les Prus-
siens chez nous, 3 alb. avec couvertures (36 pl.).

136. Le Salon de Peinture de 1866. Treize cuivres et
1 exemplaire.

137. La Question du nouvel An. Huit cuivres et 3
exemplaires.

138. *Notes et Eaux-fortes*. Suite de 10 pièces. (Vues de
Paris)

MAURIN-GREVEDON

139. Portraits et Têtes de fantaisie.

MEISSONIER (d'après E.)

140. Il Signore Annibal, fac-simile d'aquarelle. Cuivre
et 55 épreuves dont 5 *tirées en couleurs*.

MOREL (P.)

141. Tête de Femme. Cuivre et 21 épreuves.

OSTERLIND

142. Danseuses Espagnoles. Cuivre et 30 épreuves
(1 sur parchemin), *signées*.

OUDART (Félix)

143. Dans la prairie, d'après Julien Dupré. 20 épr. sur
parchemin, avec *remarque, signées* et *timbrées*,
49 épr. sur japon avec *remarque, signées* et *timbrées*. Cuivre détruit.

144. Ruisseau à Auvers, 10 épr. sur japon, *signées*.

PHOTOGRAPHIES

145. Vingt Vues de Paris et d'Orient.

RAJON (Paul)

146. Cleveland (Mme). Cuivre et 20 épr. sur japon tirées en sanguine.

147. Lord Gover, photogravure. Cuivre.

148. Tête de jeune Femme, photogravure. Cuivre et 3 épreuves.

149. Sarazate, violoniste, photogravure. Cuivre et 3 épreuves.

SADOUX

150. Château de Chantilly, 2 vues. Vingt-quatre épreuves avec *remarque*, sur parchemin et japon, *signées*.

SOMM (Henry)

151. Femme au grand chapeau. Cuivre et 75 épreuves, la plupart sur japon.

152. Brune. Cuivre et 87 épreuves dont 64 sur japon.

153. Japonisme. Vingt épreuves, plus 9 épreuves et le cuivre réduit et publié sous le titre : Blonde.

STUART-TRAVIS

154. Sport automobile. Dix suites complètes de 4 pl. impr. en couleurs.

THORNLEY (G. W.)

155. Sept lithographies d'après F. Boucher et Degas.

156. Sous ce n° il sera vendu un certain nombre d'estampes en lots.